DEVX HISTOIRES,

LA PREMIERE

Tragique, *sur la mort d'vne ieune Damoy-selle âgee de dixsept à dixhuict ans, execu-tee dans la ville de Padoüe au mois de Decembre dernier.*

LA SECONDE.

De la deliurance d'vn ieune Gentil-homme François, Escolier, condamné à la mort, en la ville de Salemanque, en Espagne.

A PARIS,

Chez TOVSSAINCT DV BRAY, ruë
S. Iacques aux Espics Meurs, & en
sa boutique au Palais à l'entrée de
la galerie des Prisonniers.

1607.

Auec priuilege du Roy.

LE LIBRAIRE
AV LECTEVR.

Es petits discours qui sont les premiers essais de la plume de leur Autheur, ayant esté donnez au public, sans aucun desir de gloire, & comme à l'aduanture, ie te les rens ainsi vnis, puis que l'ouurier n'a pas trouué bon qu'ils fussent ioints à ses œuures, comme chose trop petite, & disproportionnee à ses derniers escrits, n'ayant pas voulu en les laissant perir, priuer ceux qui en pourront faire leur proffit, du fruict que les bonnes mœurs y peuuent recueillir, car au iugement de plusieurs ces discours sont dignes d'estre leuz, & meritent de veoir la lumiere, pourquoy ie les ay fait mettre ſous la preſſe, plus pour ſatisfaire à mes amis, qui m'en ont pluſieurs fois importuné, que pour le gain que i'en eſpere.   Adieu.

HISTOIRE TRAGIQVE

SVR LA MORT D'VNE DA-
moyſelle âgee de dixſept, à dix-
huiĉt ans,

Executée en la ville de Padoüe au
mois de Decembre dernier.

S I nous voyons, &
reſſentons des pro-
digieuſes nouueau-
tez en ceſte mortel-
le vie, il ſe trouue
le plus ſouuent que l'amour les
nous enuoye lors que ſurprenant
quelque ame laſche, & infidelle:
l'infidelité traine les maux qui for-
ment apres le prodige, ainſi que
cela ſe remarque en ce diſcours,
d'où ie retranche pluſieurs circon-
ſtances qui eſtoient liées auec les

commencemens de l'amitié, que
les autheurs auoient contractee
sous vne familiarité imprudem-
ment permise, & authorisee par
les parens de la Damoyselle, que
ie monstreray la premiere en ce
pitoyable ouurage.

Ceste Dame donc estoit fille
vnique de sa maison, son pere
s'appelle le seigneur de la Riuiere, lequel l'auoit dés son enfance
fait instruire és choses vertueu-
ses, & à tout ce qui peut seruir à la
bien-seance des Damoyselles de
sa sorte. A quoy elle auoit si bien
profité qu'il sembloit que le Ciel
l'eust fait n'aistre pour estre l'exé-
ple des filles de son temps. Sa vie
iusques l'aage de seize à dixsept
ans, fut vn miracle de nature: Elle
estoit belle, & doüee d'assez de
perfections pour rauir vn chacun
en admiration; Mais côme quel-
quefois les plus sages declinent

en la suitte de leurs iours de leurs
sagesses, & degenerent de leur
propre naturel : Ceste Damoiselle qui se nõmoit Orselia, & auoit
rapporté dés le berceau vne modestie graue, & vne continence
admirable, victorieuse en ce que
les autres se laissent ordinairemẽt
vaincre en resistãt à l'amour, faul-
se à la fin compagnie à la vertu qui
l'auoit assistee ; & se trouuant des-
vnie de la sagesse qui cõseruoit sa
chasteté, la liure à la mercy de ses
ennemis, obscurcit par l'eclipse de
sa vertu le soleil de sa renommee,
& fait que tant de perfections, &
dõs du ciel qui la decoroient, de-
meurent esteins dans ses dernie-
res actions.

Or il faut entendre qu'aupres
de la maison de son pere y auoit
vn ieune Gentil-homme galand
& accort, duquel ie tairois le nom
par discretion n'estoit que ceste

Damoiselle le publie assez par ces discours. Il s'appelle Seigneur de Lorion, lequel comme voisin le visitoit fort souuent, plus pour l'amour de la fille, que pour rendre ce deuoir à son pere.

La frequence de ses visites luy acquist telle priuauté dans la maison (inegalle toutefois à la sienne de grandeur & d'antiquité) qu'il en vsoit comme s'il en eust esté issu sans que le seigneur de la Riuiere print iamais aucun ombrage de luy, estimant que le rang qu'il tenoit, & sa discretion le diuertiroient de faire chose indigne d'vn Gentil-homme bien nay : & d'ailleurs que la segesse, & modestie de sa fille estoient d'assez fortes gardes pour repousser ses desseins, s'ils tendoient au preiudice de son honneur.

Sur ce iugement il se resolut de faire vn voyage en France, où le

seiour qu'il fist donna le temps &
loisir à ce ieune Gentil-homme de
pourſuiure ſon entrepriſe, & rendre tributaire à ſon vouloir la pudicité de ſa Damoiſelle: De ſorte
que ce qu'il auoit recherché auec
tant de peine, il le trouua auec
moins de difficulté, par le moyen
d'vne ſienne gouuernante qui
eſtoit dans la maiſon, laquelle il
gaigna par preſens ou autrement,
& ayant tendu les filets de leurs
ſubtiles inuentions, enueloppe
ceſte innocente dans le voyle des
promeſſes qu'il luy fiſt de l'eſpouſer, & mener loing de ſon pere: Si
bien qu'allienee de ſes ſens, elle
luy laiſſe la poſſeſſion de ce qu'elle auoit iuſques alors ſi chaſtemẽt
conſerué, & qui illuſtroit ſa vie:&
ſur ceſte eſperance en laquelle il
l'entretenoit, il diſpoſe librement
de ſa conqueſte, & ſi ſouuent que
les racines de ceſte ioüiſſance eſ-

leuans l'arbre selon que le cours du temps le nourrissoit, luy fit attaindre sa maturité, & mist en euidence la faute qui demeuroit cachee, dans le silence des coupables.

Ceste creature qui voulut voir le iour, aussi tost que sa saison eut limité sa demeure dans sa prison maternelle, n'eut pas fait son entree en la terre, qu'elle descouurit le crime de sa mere, de sorte que le sieur de Lorion en ayant aduis, & apprehendât la punition de sa desloyauté luy fait banqueroute, & s'enfuit, ensemble la gouuernâte qui l auoit si mal gouuernee, & qui auoit esté ministre de sa meschanceté, emportant auec luy sa foy violee, & laissant à sa Dame le repentir de sa fauté, & le regret de l'auoir iamais cognu.

Nostre Amante infortunee se voyant ainsi traictee à la rigueur,

& abandonnee de tous, esclaue de
la fureur, congedie sa raison natu-
relle, & ses sens , appelle de deses-
poir pour luy donner conseil en
son aduersité , lequel luy fait glis-
ser en l'ame vn desir de vengeance, & de couurir sa faute en cou-
urant de terre son petit enfant de
peur qu'il ne l'accusast deuant son
pere, quand il seroit de retour. Et
inclinant à ce mortel desir, commence à le contempler d'vn re-
gard pitoyàble, & dire ainsi.

Faut-il, ô ma creature, que ie
sois mere si cruelle, & desnaturee,
qu'au lieu de t'esleuer du laict de
mes mammelles, ie te fasse allai-
cter les derniers souspirs de ta vie,
& te coucher dans la terre plustost
qu'en ton berceau ? Faut-il helas!
que ie sois plustost ton homicide
que ta nourrisse, ame innocente!
Faut-il que tu laue de ton sang innocent les fautes de ta mere , &

par ta mort iniuste tu la garantisse de sa mort meritee ? Ah ! que i'ay de douleur d'estre ta meurtriere. Ie sçay bien que Dieu m'en punira, comme iuste iuge, mais possible aussi que sa misericorde intercedera pour moy. Sus donc, chetiue creature, de qui le destin s'oppose à ma volonté : Soyez la victime que i'immole au pied de mon offence : Sus que d'vne main mourante de regret ie vous leue, & de l'autre meurtriere i'execute ma cruauté, renonçant à l'amour maternel, & à la loy de nature.

Ces paroles finies elle estrangle son enfant, & le porte enseuelir dans vn iardin, où quelque temps apres par la diuine prouidence, ce corps qui n'estoit point consommé, mais au mesme estat qu'il auoit esté enterré, sort sur la terre, & coniurant la iustice du Ciel, & des hommes, appelle sa mere en

iugement, & par le moyen d'vn
seruiteur, ce crime se descouure,
& paruient à la cognoissance de
Messieurs de la iustice de Padouë:
lesquels enuoyerent prendre ceste Damoiselle, de qui la conscien-
ce seruoit de question pour luy
faire confesser la verité, qu'elle ac-
corda librement. Surquoy elle est
mise en prison, & condamnee à
perdre la teste : son pere estoit ab-
sent, lequel arriua huit iours apres
l'executió de sa fille, laquelle estãt
sur l'eschaffaut prie la iustice de
luy permettre de parler, ce qui luy
fut octroyé. Alors d'vne conte-
nance qui demonstroit que la
mort luy estoit agreable, addresse
ses paroles aux assistans où estoiĕt
la plus grand part des hommes, &
femmes de la ville, & mesmes grãd
nombre de Gentils-hómes estrã-
gers, qui se rencontrerent à ce piteux spectacle, & discourut de la

forte qui s'enfuit d'vne voix affeu-
ree, que les plus esloignez pou-
uoient ouyr.

Vous trouuez peut estre estrange de voir vne Damoiselle de ma
forte sur ce bois ignominieux, sur
le point de rendre lame à Dieu : Il
est estrange à la verité à vos yeux
tesmoins de ma triste fin : mais il
est bien encores plus odieux à ma
race à qui ie laisse ceste tache d'in-
famie, de mourir par la main d'vn
bourreau , & d'vne autre façõ que
mes predecesseurs ne m'ont deuã-
cee. I'aurois plus de regret en ma
mort, qu'elle ne suscite de la pitié
en vos ames, si ie ne recognoissois
que ce sont des effets iustes de la
iustice de Dieu. quãd i'aurois cent
vies elles ne suffiroient pas pour
esgaler ma punitiõ à mon merite:
ie suis coupable de mort, & digne
de la souffrir par vn plus cruel
tourment que celuy qu'on me

prepare. En quoy la iuſtice m'a
eſtê plus douce que rigoureuſe.
Et comme les hommes ſe conten-
tent de ma ſeule mort pour repa-
ration de mon malefice, ie coniure, & ſupplie le Createur d'acce-
pter ma repentance pour la ſatis-
faction de ſon intereſt. Et ainſi ie
meurs contente, car auſſi bien ma
vie ne m'eſtoit qu'vn treſpas en
terre, lequel m'affranchiſt de mille
morts qui martiroient mes iours
au ſouuenir de ma faute. Ie vou-
drois bien pour reſpirer encore
quelque air de vie, & auant vous
dire le dernier adieu, vous racon-
ter au long ce qui s'eſt paſſé entre
l'autheur de ma diſgrace & moy,
pendant nos amours infortunees:
mais ie craindrois abuſer de voſtre patience, & aneantir la com-
miſeration que mon piteux eſtat
allume dãs vos cœurs. Il vaut dóc
mieux vous plaire, & par ma triſte

& prompte mort euiter vostre lã-
gueur, que me contenter en don-
nant quelque relasche à ma vie:
ainsi la consideration de vos desirs
ira deuant les miens, toutefois il
faut que ie vous demande au nom
de Dieu encore vne demy heure
de vostre patience, pour vomir ce
que i'ay sur le cœur, contre cest
ingrat de Lorion, de qui la déloy-
auté a fait faire naufrage à mon
honeur, qui flottoit soubs le gou-
uernail de sa foy, apres que ie me
fus embarquee sur ses promesses,
& qu'elles eurent enflé de leur vẽt
les voiles de mes esperances. Per-
mettez moy donc s'il vous plaist,
que plustost que me despoüiller
de ma vie, ie me descharge de mes
regrets, lesquels peut estre vn fa-
uorable vent soufflera dans ses
oreilles, pour luy rafraischir la memoire de moy, & eschauffer dans
son ame la pitié inanimee.   Ce
cruel

cruel me difoit d'vne voix trom-
peufe, apres qu'il fe fut emparé de
ma virginité, qu'il feroit mon mary, que nos vies feroient eftroitte-
ment liees par ce lié de mariage, &
qu'en cefte focieté nous viuriós &
mourrions enfemble : & moy mi-
ferable charmee du miel de fes paroles, i'auallay le poïfon de fa langue, & me laiffay piper à fon dire,
& à mon efperance, me rendant
fienne auant qu'il fuft mien, & af-
feurant mes chaftes intentions à
fes perfides volontez, ie trahis la
ioye, & l'honneur de mon pere,&
le mien qu'il m'auoit fié, eftimant
que ma vertu,& la crainte deDieu
feroit fa fauuegarde. Ha folle que
i'eftois! de croire qu'il y euft de
l'affeurance aux hommes, que ne
fus-ie eftouffee dés le vêtre de ma
mere, ou que ne la fuyuis-ie lors
qu'vne maladie luy fit payer le tri-
but de nature, mon honneur vi-

urois encores, & ma bonne repu-
tation, & les miens, & ceux qui
m'ont cognuë, beniroient l'heure
de ma naiſſance, au lieu qu'ils la
maudiſsēt. Tu ſerois(Orſelia)heu-
reuſe& t'exēpterois du blaſme que
tu acquiers enuers la poſterité, &
ceux qui viuent. Tu iouyrois auec
ta mere de meſme ſepulture. Tes
cēdres,&les ſiēnes ne feroiētqu'vn
mōceau, tes os repoſeroiēt aupres
des os de tes anceſtres, ou au con-
traire par la rigueur du genre de
ta mort, & l'enormité de ton meſ-
fet, tō corps ſera liuré aux oyſeaux
pour eſtre leur paſture. Ha traiſtre
& deſloyal! qui me priues du droit
de ma tumbe. Pourras tu bien entendre la nouuelle de ma diſgrace
ſans rougir, & demander au ciel
remiſſion de ta faute ? ſi tu as vne
ame, & vne conſcience, l'vne ſera
ton iuge, & l'autre ton bourreau
pour te punir. Tu ſerois mō mary,

diſois-tu, & quel mary qui me fait
eſpouſer vne hôteuſe mort ? Sont-
ce icy les nopces de noſtre mariage, & les preparatifs que tu deuois
faire pour m'émener en quelque
terre eſtrangeres ? Eſt-ce le train,
& equipage de mes amenances?
Eſt-ce l'honnorable retraitte que
ie deuois faire, & le lieu où nous
deuions conſommer heureuſe-
ment le reſte de nos iours ? Helas!
c'eſt bien celuy où tu me fais finir
les miens en leur plus belle ſaiſon.
Va, cruel, va, pariure, abuſer, &
tromper les autres mal-heureuſes
comme moy. Va hardiment eſtan-
cher la ſoif de tes ingratitudes dás
le ſang des autres innocentes, puis
que le mien, & celuy de ton fils ne
peuuent eſteindre ton alteration.
Il ne t'a pas pleu, impitoyable
Amant, que ie fuſſe ta femme, &
luy ton fils. Tu ſçauois bien que
le moyen de nous oſter la vie de-

pendoit de ton infidelité : c'eſt pourquoy tu l'as exercée en nous pour aſſouuir ta rage.

Le tiltre de mary en toy te ſembloit trop honorable pour moy, & le nom de Pere pour ton fils, t'eſtoit odieux. Si tu euſſes eſté entier en tes promeſſes, ie ſerois ta chere moitié, & ceſte petite ame qui erre dans les tenebres viuroit encores. Le Ciel nous l'auoit dónee comme teſmoin de la foy que tu m'auois iuree, pour rendre ta parole irreuocable, & ſeeller noſtre mariage. Nous auions ceſte creature pour le partage de nos amours, & tu l'as deſ-aduoüee tiéne, & m'as refuſee, O ingrat, pour ta compagne ? Va, infame parricide, auide de ton ſang ; Lamente, ſi tu veux ma deplorable mort : tu ne verras iamais plus ta pauure Orſelia, que tu ſoulois tant cherir, il te faudroit vn cœur comme le

miẽ pour pleurer ma condition:
car celuy que tu as, eſt ennemy de
la pitié, & retient tes larmes. Nous
n'auons point de mots aſſez pic-
quants en noſtre langue pour ex-
primer ta cruauté, ny de parolles
aſſez pitoyables pour t'eſmouuoir
l'ame, & te conuier aux pleurs. Et
vous, mon pere, que ie fay heritier
de tant de regrets, & de douleurs,
ne vous ſouuenez point de m'a-
uoir engendree, puis que ie vous
ay ſi griefuement offencé, & vous
repreſentez comme ſi ma mere
auoit eſté ſterille, puis que i'ay eſté
ſi fertille à produire des maux: autrement ie confeſſe que la triſte
memoire que ie voꝰ laiſſe de moy,
indigne d'eſtre appellee voſtre fille, aduancera la fin de vos ans, &
ainſi ma mort preſente, filera voſtre treſpas futur, au lieu que ma
vie deuoit eſtre le baſton de voſtre
vieilleſſe. Ie vous demande par-

don en quelque part q̃ vous soyez.
I'ay miserable, souïllé impudique-
ment vostre maison, i'ay mesprisé
les commandemens de Dieu, &
oublié vos admonitions paternel-
les, i'ay prophané l'instruction de
mes maistres, & ma nourriture, ie
n'ay pas voulu opposer la vertu au
vice, lors qu'il s'est presenté pour
me precipiter dãs les abysmes d'in-
continence, cedant ma pudicité à
son aduersaire. Pardonnez mon
pere, pardonnez à vostre fille vnique qui vous laisse seul, & remet
la charge de vostre maison, & le
soin de vostre heritage aux estran-
gers. que ma repentance soit le
fondement de vostre consolation,
comme elle sera l'instrument de
ma gloire s'il plaist à Dieu. Et vous
mon petit enfant, si le tort que ie
vous ay fait demande quelque sa-
tisfaction, quelle plus grande sçau-
riez vous desirer, que de voir vo-

ftre mere vous fuiure par le facri-
fice de fa vie? Et vous autres Meffieurs, & Dames, qui auez cefte
patience d'efcouter cefte crimi-
nelle: que vous donneray-ie en
recognoiffance de voftre peine,
finon mes prieres lors que ie feray
auec Dieu. Ie les vous offre, & pro-
mets de luy demander en faueur
de vos ames, des biens du threfor
de fa grace. Gratifiez la mienne à
fon depart d'vn *Pater nofter*, ie vous
requiers à tous grands & petits.
Le falut que vous luy procurerez
ça bas, elle tafchera de le vous rendre là haut. Meffieurs, ie m'en vay
y faire ma derniere oraifon, & puis
vous dire le dernier adieu.

Alors elle pria le bourreau de luy
laiffer les bras libres pour ioindre
les mains au ciel, & faire fa priere,
ce qui luy fut librement accordé:
foudain les yeux plorans, elle s'ef-
cria ainfi.

SEigneur Dieu, vos iugemens sont
secrets & infaillibles, les fautes ca-
chées pour vn temps aux humains, vous
sont tousiours descouuertes, & à la fin
punies. Si les meschans ont de relasche
en leurs vies, les crimes se manifestent
plustost par eux mesmes pour estre cha-
stiez: C'est vostre iustice, Seigneur, qui
est ineuitable: ie sçay que ie vous ay offencé, & mon offence fait comparoir
mon ame deuant vous, & mon corps
deuant les hommes: l'vn merite punition pour l'exemple de la terre, & l'autre implore vostre misericorde pour l'ac-
croissement de vos merueilles, mõ corps
meurt çà bas, Seigneur, & mon ame
vous demande la vie là haut. L'Eglise
& mes peres m'ont enseigné que vostre
misericorde est plus grande que tous les
pechez de vos creatures: De sorte que
ceste foy me fait esperer que ce que ma
mort, & mes œuures ne me peuuent ac-
querir par merite, que vostre bonté par
grace en gratifiera ma pauure ame: elle
vous

vous va trouuer pour se ietter à vos
pieds, tendez luy la main, & luy ouurez vostre paradis, elle ne se iustifie
point deuant vous, mais s'accuse. Si ses
mesfaits ont allumé sur elle vostre cour-
roux, ayez agreable, Seigneur, que les
larmes de sa repentance esteignent le
feu de vostre ire, la voyla qu'elle part &
fait ses adieux au monde toute esploree,
non de le quitter, mais de ce qu'elle
vous voit, apres vous auoir si souuent
offencé. Elle est toute couuerte des tenebres de la terre, guidez là, mon Dieu,
car pour vous trouuer elle n'a point
d'autre guide que vous mesmes. Con-
solez aussi s'il vous plaist mon pauure
pere que ie laisse affligé de ma mort, &
pardonnez à mes ennemis, puis que
vous voulez que nous leur pardonniõs,
c'est vostre loy que i'obserue pour ce cruel
Lorion autheur de mon infortune.

Son oraison finie elle dit : Or
c'est à ce coup, Messieurs, qu'il se
faut separer, ie vous dis adieu.
A mesme instant le bourreau luy

donne le coup de la mort, & separe sa teste du corps. Le discours de ce spectacle fut mis par escrit par vn Italien qui l'a apporté dans Paris, où il a esté traduit en langue Françoise.

Fin de la premiere Histoire.

HISTOIRE SECONDE

sur la deliurance d'vn ieune Gen-
til-homme François, Escolier, con-
damné à la mort , en la ville de Sa-
lemanque en Espagne.

QVAND nos premiers parens furent bannis du Paradis terrestre, & ingrats de leur prosperité, attirerent sur eux, & sur leur race la vengeance diuine : La mesme main qui les auoit esleuez sur le sommet de leur felicité , les precipita dans vn abysme de miseres , les priuant des graces singulieres qu'ils auoiēt receuës par vne grace speciale. L'eternité qu'ils auoient contractee auec l'Eternel fut changee en vn estre perissable : leurs vies qui estoient affranchies de la mort fu-

rent deslors limitées par le trespas.
Et comme descendus des peres de
nos peres, il faut que nous portiõs
sur nostre dos la peine de leurs fautes, & que nous soyons criminels
en innocence.

La mort à laquelle Dieu confis-
qua nos iours, comme ministre de
la Iustice du Ciel, continuë en
nous la punition de nos ayeuls : la
licence qu'ils prindrent en leur liberté d'enfreindre ses loix ouurit
la prison du monde,& par leur des-
obeïssance les fit obeyr à ce qu'ils
commandoient auparauant, le
mal-heur dés l'heure se glissa sur la
terre, & commença à dresser ses
troupes pour faire la guerre au humains, lesquels depuis ont ressen-
ty les maux qui leur eussent esté
incognus, si nos parens n'eussent
ainsi mescogneu les biens qu'ils
auoiẽt puisé du thresor des Cieux.
Nous ne verrions pas les creatures
subiectes aux creatures, mais de-

pendre du Createur, elles ne trai-
neroient point le ioug de leur fer-
uitude, les trauaux ne feroient
point en exercice, & les afflictions
feroient à naiftre, les tombeaux feroient deferts, & noftre naiffance
ne tendroit point à la fepulture,
les ames, & les corps viuroient en
leur communauté. Nous n'appre-
henderions point que la fuitte des
annees deuoraft nos forces, & le
temps en fon ordre ne confon-
droit point noftre âge: Nous ferions fortunez fans fortune, car la
fortune ne feroit point en vfage,
l'humanité nous rēdroit hommes,
& Anges tout enfemble. Nos de-
firs feroient fans paffion, & nos ef-
perances fans langueur: Nous ferions au Ciel fans bouger de la terre, & ne cognoiffans que Dieu,
nous mefcognoiftrions le monde:
l'ignorance nous inftruiroit, & noftre fimplicité nous fortifieroit.
Brief, nous ferions heureux, & no-

stre heur exempt de tout homma-
ge. Nous ne porterions point en
nos tiltres le nom deplorable de
mortels, & le destin ne controlle-
roit point nos iours : Mais puis
que c'est vne necessité que tout
commencemét s'oblige à vne fin,
& que nos ancestres ont passé par
la iuste rigueur de c'est Arrest irreuocable : Il faut plustost plain-
dre que trouuer estrange la deca-
dence & reuolution des choses, &
accuser les autheurs de nos miseres qui furent desliez par les mains
de leurs offenses, & trauersant les
siecles sous l'adueu de nostre nature, sont paruenus iusques à nous,
& s'ē vót trouuer nos successeurs:
Mais comme des causes differen-
tes naissent les effects dissembla-
bles, nous iettons les yeux de l'admiration, selon que les euenemés
nous chatoüillent, & frappent à la
porte de nos sens. Les vns obtien-
nent de nous des larmes, les autres

nous excitent au ris, d'autres nous
font indifferents, & ne changent
point l'ordinaire de nos actions.
Mais nous voyons bien souuent
des accidens que le mal-heur de-
bite en ce grand marché du monde, ausquels nous contribuons nos
mouuemens, & aux mouuemens
nos passions selon qu'ils nous im-
portent. Celuy qui m'offre le sujet
de ce discours, estant de ceste qualité, & aduenu si pres de nous la
veille de ces derniers iours, à re-
quis mon loisir de me donner la
plume pour gratifier les curieux
de ceste nouueauté, non moins digne de compassion, que recom-
mandable à la memoire.

Comme l'Vniuersité de la ville
de Salemaque a tousiours eu quelque aduantage sur les autres du
Royaume d'Espagne, tant pour le
nombre des hommes doctes qui
la decorent, que pour l'assiduel
soin qu'ils donnent à l'instruction

de la ieuneſſe : Auſſi eſt-elle aſſor-
tie d'vne multitude d'Eſcoliers,
& les colleges ſi peuplez qu'on les
iugeroit des Republiques.

Ils y abordent de tous coſtez, &
ſemble que les ſciences qui font
honnorer ceux qui les cheriſſent,
facent leur reſidence dans Salemanque, & qu'effrayees de la fureur des guerres elles ſe ſoient mi-
ſes à l'abry de ſes murailles comme leur aſſeuré refuge. C'eſt pourquoy ceux qui ſe ſont voüez aux
lettres y accourent de toutes parts,

Et comme c'eſt vn dire verita-
ble, que là où eſt la multitude, là
eſt la confuſion, & que l'inſolen-
ce des vns fait tort à la diſcretion
des autres.

Il arriua qu'en vn bal, où il y
auoit aſſemblee d'Eſcoliers, quel-
ques vns eurent querelle, qui fut
ſuyuie d'vn grand deſordre, ou vn
Eſcolier de Madril ſe trouua mort
ſur la place : les gens de Iuſtice y

eſtans accourus, rencontrerent
ſur le lieu vn ieune homme, dont
l'innocence auoit retardé ſa fuitte,
& empeſché qu'il ne fiſt diligence
en ſa retraitte comme les autres.
Il fut emmené priſonnier, & trai-
cté en ſa priſon en qualité de criminel.

Ce ieune Gentil-homme François, (curieux de rechercher la do-
ctrine des eſtrangers) ſe nomme
Caliſte, lequel iugé par ſa conſcience innocent de ce meurtre,
s'afflige pluſtoſt de ſa captiuité q̃ de
l'apprehẽſion d'vn ſupplice. Toutefois il conſomme dans ſa priſon
les iours qui l'en approchent, &
croit en ſon ame que la verité arre-
ſtera touſiours les effects del'im-
poſture. Ses amis ce pendant eſ-
clairez de leur bonne volóté cher-
chent ſa liberté dans les maiſons
des Iuges : Mais ils n'y trouuent
que les preſages de ſon mal-heur,
leur peine infructueuſe, & leur

pourſuitte inutile. Ce ieune homme ſe mesfiant à la fin de ſon innocence, & craignãt qu'elle fuſt trop
foible pour briſer les portes de ſa
priſon, commence à chanceler en
ſon eſpoir, & coniure le Ciel d'o-
ſter le voile de la verité pour la fai-
eſclairer aux yeux des hommes, &
d'aſſiſter au iugement de ſa cauſe,
afin de le guarentir d'vne iniuſti-
ce. Parmy les apprehenſions de ſa
mort, il conçoit vn deſir d'eſcrire
à ſa maiſtreſſe, appellee Lucidore,
qui eſtoit à huiƈt lieuës de Sale-
mãque, laquelle Dieu choiſit pour
l'inſtrument de ſa deliurãce, comme vous entendrez.

Ceſte Damoiſelle qui ignoroit
ſa diſgrace, ne luy auoit point encore payé la douleur dont ſon a-
mour la rendoit redeuable. Mais
elle s'acquita à la fois de ce qu'elle
deuoit à ſon infortune, & à ſa bien-
vueillance. Ceſte lettre luy fut en-
uoyee par vn de ſes amis huit iours

apres son emprisonnement, &
contenoit :

SI le droict que mon innocence de-
mãde pour ma liberté m'estoit aussi
iustement conserué que ie vous garde
fidelement celuy que vostre merite a ac-
quis sur mes volontez, ie penserois re-
parer par mon amour le tort que ma prison nous fait, à vous de vous priuer de
mon seruice, & à moy de m'oster le
moyen de le vous rendre : mais la crainte que i'ay que mon mal-heur aye cor-
rompu mes Iuges, & que ma cause soit
iugee par l'iniustice, me retire peu à peu
de l'sperance que ie nourrissois au deceu
de mes apprehensions, de reuoir encore
vos beaux yeux, & leur faire voir celuy qui les reuere. Ie laisse à ce mien
amy que ie vous enuoye, à vous dire le
subiet de mon desastre, qui me fait com-
pagnon des personnes de qui les crimes
les placent au rang des criminels, &
me persuade d'esperer plustost ma perte
que mon salut. Ie desirerois bien auant
qu'vne voix funeste me face ouyr vne

iniuste sentence, vous pouuoir dire de
la mienne l'Adieu cruel que mon sort
vous reserue : Si l'horreur d'vne prison
n'offense vostre courage, & n'espouuäte
vostre amour : ie vous supplie de me
donner ce contentement, afin que si ie
meurs innocent de malefice, mes affe-
ctions ayent ce dernier bien de vous
laisser asseuree de leur fidelité : & vous
ce tesmoignage que ie suis vostre tres-
humble, & obeyssant seruiteur,

CALISTE.

Cěste ieune Damoyselle âgee
de quinze à seize ans, aymant au-
tant qu'elle estoit aymee de nostre prisonnier, n'eut pas si tost re-
ceu la lettre, qu'elle se delibere de
l'aller trouuer, recognoissant que
c'estoit vn coup de partie en ses
amours, qui nasquirent en vn těps
que Caliste frequentoit chez son
pere, qui luy estoit inthime amy.
Ie ne me sers point de son nom, ny

du lieu de sa demeure, parce que ces particularitez sont plus propres à vne histoire entiere, qu'à ce discours, auquel ie donne simplement le corps de la matiere, & les poincts qui approchent le plus de mon intention. Lucidore doncques gratifiant les prieres de son Amant, du desir de faire ce voyage, se desrobe le lendemain de ses parés, & prend son chemin droict à Salemanque, où à son entree elle trouue le peuple qui accouroit pour veoir l'execution de ce ieune homme que la iustice, & l'iniustice conduysoient sur l'eschafaut des miserables. Mais Dieu qui cherissoit son innocence, & qui des yeux de sa bonté œilladoit ceste pauure Ame exempte de la coulpe, l'affranchit aussi de la peine, & destourne le coup de la mort, comme il fit iadis la main obeïssante d'Abraham, lors que par son commandemēt il voulut immoler son fils Isaac en sacrifice.

Or ceſte fille de qui l'amour fortifioit le courage vouloit voir &
ſauuer ſon Caliſte, & executer le
deſir que le Ciel auoit allumé au
milieu de ſes flammes, pour le demander en mariage : & de fait fen-
dant la preſſe des ſpectateurs s'ap-
proche du ſupplice, & cede ſa
harangue au diſcours que le pa-
tient faiſoit deuant l'aſſiſtance en
ces paroles, qui s'addreſſoient aux
gens de la Iuſtice.

Meſſieurs ces funeſtes preparatifs que ie voy me font croire que
vous ne m'auez pas conduit icy
pour me donner la vie : Ie n'y ſuis
pas venu auſſi pour vous la demã-
der. Ma requeſte ſeroit tardiue
pour voſtre reſolution, bien qu'elle arriuaſt aſſez toſt pour mon innocence, laquelle ie reſſens mieux
que vous ne la cognoiſſez, elle
pleure ma condition, & ie luy pre-
ſte mes yeux pour vous monſtrer

ses larmes. Vous penserez poſſible,
& ceſte compagnie croira, que la
crainte de mourir les attire, & que
ce ſoit elle quï parle pluſtoſt que
que ma conſtance. Ie prie tous
ceux qui honnorent maſin de leur
preſence, de ne m'eſtimer pas ſi ti-
mide que ie vueille fuir vne choſe
ineuitable. Depuis le temps que
ie me recognois au monde, ie n'ay
point ignoré ceſte neceſſité, ny
creu qu'il me la falluſt ſuyure par
vne voye ſi dangereuſe à ma repu-
tation, ſi dommageable à ma race,
& ſi eſtrange à mes amis. Lors que
mon pere m'enuoya en ceſte ville
pour chercher de la faueur parmy
les lettres, il n'eſperoit pas ces tri-
ſtes euenemés de ma fortune, mais
bien vn fruiʒt honnorable de mes
labeurs, deſquels ie tenois deſia la
plus grand part de ce qu'il deſiroit,
& que ie pourſuiuois. Il y a ſix ou
ſept ans que ie cheris les liures en
ceſte Vniuerſité, où i'appelle à teſ-

moins mes precepteurs, & mes
condisciples, & les autres qui m'ōt
cognu & frequenté, si mes actions
ont iamais visé à chose qui leur
donnast argument de predire ceste punition, que mon mal-heur a
plustost suscitee que mes offenses.
Ie dis le crime sur lequel vous
auez basty les fondemens de mon
supplice. Crime qui sera commis
par autruy, & puny sur moy, puis
que les coulpables m'ont resigné
leur place. Si ie les eusse imitez en
leur fuitte, au lieu de suiure l'exē-
ple des innocens én ma demeure,
ie ne serois pas le tesmoin & l'accu-
sé de ce meurtre, & le meurtrier en
respondroit luy mesme, & tien-
droit la place que ie luy occupe in-
iustement : Ie serois le spectateur,
& non le sujet de ce spectacle, &
mon pere seroit exempt de sçauoir
la triste nouuelle de ma mort, dont
le genre la rend ignominieuse, &
me fait plustost rougir de honte,

que

que pallir de crainte. Mais quoy?
il faut mourir, & deuorer ce mortel breuuage. Vous le voulez, & ie
m'y attends, mes iuſtifications ce-
deront à voſtre iuſtice puis qu'elle les reiette. Que ſi celle du Ciel
la deſaduoüe, & la priere de ma
iuſte cauſe retracte voſtre iugement, vous ne ſerez point excuſa-
bles pour n'auoir ouy la voix de
mon innocence qui appelle de ma
mort deuant Dieu, & le coniure
de vous monſtrer au doigt celuy
pour qui ie reſpens mon ſang : afin
que ceux qui me ſçauront au tom-
beau qui m'a eſté promis tiennent
mes cendres quittes de ceſte offence, & ma memoire deſchargee de
ſon blaſme. I'ay liuré à mon pere
confeſſeur qui eſt icy, ma conſciē-
ce qui luy ay rapporté fidelement
par ma confeſſion, qu'elle n'eſtoit
point tachee de ce crime, il m'en
fera teſmoin s'il luy plaiſt, & Dieu
le iuge, lequel i'eſpere qu'il vous

D

enuoyera bien tost des esclairs de la verité.

Ce pendant (Messieurs) ie vous dis Adieu, & à toute l'assistance, & vous demande en don vos prieres pour fauorise mon entree en Paradis, & vous, mon pere, à qui i'estois seul resté de vostre famille, ouurez aussi tost au recit de ma fin les oreilles de la patience, que celles du corps, & dispesez vous de souffrir la douleur qui vous guette au pas, & si ie me pers par la faute d'autruy, ne vous perdez par la vostre.

Et regardant les Escoliers qui estoient tous en vn endroit en nóbre de deux mille, leur dit: Et vous, mes compagnons, non en disgrace, mais en profession, tirez vostre profit de mon dommage, & que mon exemple vous recommande d'oresnauant la modestie, afin que l'insolence qui se nourrist sous vos libertez, ne vous entreine comme moy à vn honteux supplice. Pre-

nez en gré ceſte exhortation que
ie vous donne, à la face de mon
dernier, & plus grand mal-heur,
qui fait ſolenniſer ma mort en ceſte honorable aſſemblee.

Il ſe teut, & comme il ſe tournoit
deuers ſon confeſſeur, voicy ceſte
Domoiſelle (qui auoit eſté atten-
tiue en ſon impatiéce, au diſcours
de Caliſte, lequel ne l'auoit point
encore apperceuë) qui ſe preſente
deuant Meſſieurs de la Iuſtice, &
d'vne voix que l'amour fortifioit,
leur cóméce ceſte petite harágue:

Si ces religieuſes & loüables cou-
ſtumes, que la charitable pieté in-
troduit iadis en faueur des miſera-
bles, ne ſont point mortes dans la
ville de Salemanque, Et que vous,
Meſſieurs, qui n'eſtes pas moins
benins & charitables que ceux qui
les ont obſeruees & gardees, vueil-
lez donner à la clemence vne ame
que la rigueur emporte de la compagnie des viuans:

Ie vous supplie à mains iointes,
de me donner pour mary ce patiét
qui s'en va espouser la mort, ie me
presente icy deuant Dieu, & les
hommes pour le vous demander?
Et ne pensez pas que ie sois quelque fille d'emprunt, qui preste ceste requeste à ses amis: Ie suis Damoyselle, & la nature a fait naistre
mes parēs Nobles, desquels ie suis
esloignee pour m'approcher de celuy que ie desire en mariage; il me
cognoist pour m'auoir veuë chez
mon pere, & ie le recognois pour
personne qui merite bié ceste grace de vous. Pardonnez luy s'il a
failly, comme vous voulez que
Dieu vous pardône, & exercez en
son endroit ce qu'il pratique enuers les pecheurs : ie le vous requiers en son nó, & de preferer có-
me luy, la misericorde à la iustice.

Ce discours finy il se leue vne ru-
meur parmy les assistans, qui deuã-
ce & accompagne la voix du peu-

ple qui crie & demáde ce criminel,
lequel eſtonné de ce bruit, & rauy
en ceſt heureux preſage, auoit le
cœur au ciel & le corps à la terre, &
ſembloit parler à Dieu en eſcou-
tant les hommes. Alors Meſſieurs
de la Iuſtice vaincus de leurs propres armes, recognoiſſant que
Dieu parloit par la bouche de ſon
peuple, inclinent à ſes cris, & des
yeux de la pitié, cheriſſent ceſte
creature, qui ne demonſtroit que
l'image de la vie.

A meſme temps ils ſe font deſ-
cendre de l'eſchafaut, & le donnent à ceſte Damoyſelle, laquelle
en le receuant leur rendit action
de graces : Meſſieurs de la iuſtice
ſe retirent, & les laiſſent libres, &
priſonniers tout enſemble, les ruës
eſtoient le corps de leur priſon, &
les hommes les murailles, vn chacun s'eſtime heureux de leur donner ſa compagnie, & à l'enuy l'vn
de l'autre taſchent à leur rendre

D iij

quelque bon office.

La premiere de leurs actions apres ceste deliurance, fut d'aller à l'Eglise remercier Dieu de la grace qu'ils auoient receuë.

Le lendemain ils s'en vont chez le pere de Lucidore, auquel ayans fait la reuerence, nostre Escolier print la parole, & luy fait le discours de tout ce qui s'estoit passé auec beaucoup de protestations de l'obligation qu'il auoit à sa fille, pour luy auoir sauué la vie, & à luy aussi comme son pere, & en se disant l'autheur de la faute qu'il auoit faite, de partir de sa maison à son desceu, il excusoit Lucidore, qui eut en ce bon œuure la remission de son peché: leur mariage se traitta dés l'heure, & vindrent son pere & Caliste en France pour l'arrester auec ses parens qui y donnerent leur consentement. Ainsi furent ces deux Amans mariez, lesquels viuent auiourd'huy paisibles de leurs amours, & victorieux de leur mal-heur.

L'on a tiré depuis la preuue de son innocence, de la fuitte d'vn autre Escolier qui auoit fait ce meurtre, & fut pris & puny dans Madril. Dieu a monstré en cela qu'il estoit iuge, tesmoin & accusateur des fautes cachees, que la verité quoy qu'il tarde, paroist à nos iugemēs, & dissipe comme vn Soleil le nuage de leurs doutes.

www.ingramcontent.com/pod-product-compliance
Lightning Source LLC
LaVergne TN
LVHW022344170726
843503LV00008B/3534